LE SURRÉALISME,
DE LA POÉSIE À LA RÉVOLUTION

— Sur les pas de Breton, Soupault et Aragon

par Natacha Cerf

50MINUTES

LE SURRÉALISME 5

CONTEXTE 7

Une société liberticide et castratrice

Surréalisme et politique

Les précurseurs du mouvement surréaliste

CARACTÉRISTIQUES 12

L'épopée du groupe surréaliste

Libérer la vie de l'esprit

Le jeu du cadavre exquis

L'écriture automatique

L'importance du hasard

La transgression surréaliste

PRINCIPAUX REPRÉSENTANTS 20

André Breton, le père du surréalisme

Louis Aragon ou le merveilleux du quotidien

Paul Éluard et l'ode à la liberté

Robert Desnos, le poète de toutes les audaces

RÉPERCUSSIONS 30

EN RÉSUMÉ 32

POUR ALLER PLUS LOIN 33

LE SURRÉALISME

- **Quand et où ?** Le surréalisme naît en France en 1924 avec la parution du *Manifeste du surréalisme*, rédigé par André Breton, et connaît son apogée dans les années 1925-1945 en même temps qu'il rayonne à l'échelle internationale. S'il y a une fin au surréalisme, il est difficile d'en définir la date exacte. Certains s'accordent à la faire coïncider avec la mort d'André Breton en 1966.
- **Contexte ?** La Première Guerre mondiale (1914-1918), la Seconde Guerre mondiale (1939-1945), le nationalisme, le colonialisme et le communisme.
- **Caractéristiques ?** Se révoltant contre les conventions bourgeoises, l'ordre établi, les valeurs traditionnelles, le règne de la logique et de la rationalité, les écrivains surréalistes exaltent au contraire le merveilleux, l'invisible et l'irrationnel, afin de libérer l'homme dans ses capacités créatrices, capter le merveilleux du quotidien et promouvoir une société meilleure où l'individu serait affranchi de toute répression. Pour ce faire, ils pratiquent l'écriture automatique, l'hypnose ou encore l'étude des rêves.
- **Principaux représentants ?** Paul Éluard (1895-1952), André Breton (1896-1966), Louis Aragon (1897-1982), Philippe Soupault (1897-1990) et Robert Desnos (1900-1945).

Le surréalisme est l'un des mouvements littéraire et artistique d'avant-garde les plus novateurs et les plus radicaux du XXe siècle. Il se distingue des autres mouvements par son aspiration à révolutionner le monde tant du point de vue poétique et artistique que politique.

Successeur du dadaïsme, auquel les premiers surréalistes s'associent pour un temps, il émerge après la Première Guerre mondiale en réaction à l'horreur du conflit, dans une volonté d'ébranler un monde tissé de sang, d'injustice et d'intolérance. Le mouvement surréaliste entend délivrer l'homme du carcan de la rationalité, de la logique et des vieilles morales étriquées qui briment son esprit créateur. À cette fin, il se livre à de multiples expérimentations telles que le jeu du cadavre exquis, les séances spiritistes, l'hypnose ou encore l'écriture automatique, autant de moyens de libérer les contenus enfouis dans l'inconscient. Ainsi, les œuvres surréalistes, qu'elles soient littéraires ou artistiques, font la part belle à l'absurde, au hasard, à l'instinct, au rêve et au désir.

Particulièrement connoté politiquement, le surréalisme utilise l'art comme un instrument d'affranchissement et de rébellion. Plusieurs écrivains surréalistes ont d'ailleurs rejoint les rangs du communisme, séduit par l'idée d'une société plus juste, sans classes ni frontières.

CONTEXTE

UNE SOCIÉTÉ LIBERTICIDE ET CASTRATRICE

Le surréalisme naît en réaction au traumatisme de la Première Guerre mondiale. Les atrocités du conflit, qui a coûté la vie à 13 millions de personnes et dépeuplé l'Europe de sa population active masculine, ont démontré à quel point les soubassements de la civilisation occidentale étaient fragiles. L'impérialisme et le nationalisme, qui ont poussé les pays européens à s'entre-déchirer, sont décriés, et la science, auparavant encensée, est rejetée. Fusils à verrou, artillerie à tir rapide, mitrailleuse, grenade, gaz de combat... les avancées scientifiques et techniques ont fait un carnage.

La morale chrétienne puritaine, les valeurs traditionnelles bourgeoises et le culte de la raison, perçus comme une entrave au développement intellectuel et à l'épanouissement de l'homme, subissent le même sort. Le langage lui-même, dominé par le rationalisme et la logique, est considéré comme liberticide et castrateur. Les idéologies en vigueur poussent l'homme à réprimer ses sentiments et sa sensibilité, à se sacrifier au profit de l'intérêt général et, *in fine*, à nier ce qu'il est vraiment : un rêveur en quête de vérité à travers les chimères et l'imagination. Ainsi, les surréalistes substituent aux valeurs d'antan, la liberté, la passion, l'Amour avec un grand « A », le désir, le rêve, l'irrationnel... Pour Breton, il n'existe ni homme ni femme incapable de virtualités créatrices quand elles ne sont pas contraintes par le bien-pensant. Il proclame ainsi l'égalité de tous les êtres humains devant la faculté créatrice, s'opposant par là à l'art élitiste. Alors que l'artiste était jusque-là placé sur un piédestal et célébré pour ses dons exceptionnels, le groupe surréaliste développe au contraire une vision profondément égalitaire de l'art, désireux de le rendre accessible à chacun, à la fois en tant que spectateur et en tant qu'artiste.

À cet état de fait s'ajoute la situation désastreuse de l'Europe au sortir de la guerre. Le conflit a exaspéré les clivages sociaux entre les nouveaux riches, à qui la guerre a été profitable, et les laissés-pour-compte, salariés et ouvriers confrontés à la dévalorisation des monnaies, au chômage et à la hausse des prix. L'Europe, saignée par un endettement de plusieurs milliards de dollars, coût de la guerre, voit sa situation encore aggravée par les frais de reconstruction et l'effondrement des secteurs industriel et agricole. On assiste alors à une multiplication des grèves, et à une montée de la suspicion et de la haine envers les classes supérieures et les dirigeants. La guerre civile espagnole, les guerres coloniales ou encore la crise boursière de 1929 assoient l'obligation d'une révolte sociale. Aussi certains surréalistes se tournent-ils vers les idéaux de la révolution bolchévique.

SURRÉALISME ET POLITIQUE

Le désir, la sensibilité, le rêve et la passion ne pourront gouverner le monde que si la morale bourgeoise est renversée. C'est pourquoi les surréalistes sont rapidement entraînés vers les utopies révolutionnaires. Admirateurs de l'anarchisme de la bande à Bonnot (1876-1912), des attentats d'Émile Henry (1872-1894) contre la bourgeoisie ou de la jeune Germaine Berton (1902-1942) assassinant le nationaliste réactionnaire Marius Plateau (1886-1923), les surréalistes des premières années font cause commune avec l'anarchisme ambiant. Cependant, refroidis par son caractère individualiste, ils finissent par se tourner vers le Parti communiste français (PCF), espérant que la mythique révolution russe établira le règne de la justice et de la liberté.

Le groupe surréaliste partage avec le communisme les valeurs antimilitaristes, internationalistes et anticolonialistes. Il est également séduit par son projet d'abolition de la propriété privée au profit de la collectivisation des moyens de production et par la suppression des classes sociales. C'est le lancement de la campagne communiste contre la guerre coloniale au Maroc (guerre du Rif, 1921-1926) qui décide les surréalistes à se joindre au Parti communiste français. Bien qu'épris de liberté, ils se laissent fasciner par la discipline et la rigueur bolchéviques. Néanmoins, la dictée dictatoriale des choix intellectuels par le parti suscite la résistance du groupe, qui lutte pour son indépendance et son autonomie. Les surréalistes n'en sont pas moins fermement décidés à diriger la ligne culturelle du PCF, alors que celle-ci n'est pas encore déterminée, se considérant comme l'incarnation par excellence de l'art révolutionnaire. Ce désir ardent de gagner le combat culturel explique peut-être qu'ils aient fermé les yeux sur les travers totalitaires du stalinisme. Ce n'est qu'à partir de 1935, quand la ligne culturelle du parti leur échappe définitivement et qu'ils ne récoltent de la part de ce dernier que du dédain, que les surréalistes remettent en cause le stalinisme et rompent, pour la plupart, avec le PCF.

LES PRÉCURSEURS DU MOUVEMENT SURRÉALISTE

Dans le *Manifeste du surréalisme*, publié en 1924, André Breton cherche une ascendance au mouvement et cite 21 écrivains qu'il considère comme les ancêtres du surréalisme. Parmi ceux-ci on trouve le marquis de Sade (1740-1814), François René de Chateaubriand (1768-1848), Edgar Allan Poe (1809-1849), Stéphane Mallarmé (1842-1898), Arthur Rimbaud (1854-1891) ou encore Raymond Roussel (1877-1933). Cependant, on considère généralement que le grand précurseur du surréalisme n'est autre que le mouvement symboliste, qui se développe en France à la fin du XIXe siècle, en réaction à la modernisation de la société, aux progrès techniques et à la crise spirituelle qui en découle. Convaincus que l'essentiel est indicible, les symbolistes explorent d'autres manières de s'exprimer où les images et les symboles sont légion. Ils cherchent ainsi à établir des ponts entre le visible et l'invisible, et à mettre en évidence le mystère et la poésie qui se cachent derrière les réalités les plus triviales, dans des œuvres empreintes d'idéalisme, de mythologie, de mysticisme, de rêve et d'imaginaire.

À côté du symbolisme, le romantisme allemand, le roman noir et la littérature fantastique ont également, d'une certaine manière, influencé le surréalisme, sans oublier le poète Guillaume Apollinaire (1880-1918). Revendiqué par Breton comme parrain, c'est à lui que l'on doit l'invention du terme « surréalisme » en 1917, lorsqu'il qualifie sa pièce *Les Mamelles de Tirésias* de « drame surréaliste », dans une volonté de rompre avec la tradition et de « sortir » du réel.

Enfin, le surréalisme s'est également nourri des travaux du médecin viennois Sigmund Freud (1856-1939), le père de la psychanalyse. Mettant au jour l'existence de l'inconscient, celui-ci remet en question la toute-puissance du sujet, et dévoile les pulsions et les désirs cachés qui sous-tendent les choix et les comportements des individus. Pour libérer l'inconscient de ses contenus refoulés et de ce fait guérir ses patients névrosés, Freud recourt à l'hypnose, à l'analyse des rêves ou encore à la cure par la parole. De la même manière, le surréalisme entend réhabiliter les désirs profonds enfouis dans l'inconscient humain, et l'on peut rapprocher les associations libres de la cure psychanalytique à la pratique surréaliste de l'écriture automatique. Cependant, la rencontre entre Sigmund Freud et André Breton a mené à de nombreux malentendus en raison d'une divergence d'objectifs : en laissant s'exprimer l'inconscient, le surréalisme vise la création esthétique, tandis que la psychanalyse ambitionne un effet thérapeutique.

CARACTÉRISTIQUES

L'ÉPOPÉE DU GROUPE SURRÉALISTE

À l'origine, le groupe surréaliste est composé de Breton, Soupault et Aragon, surnommés par Paul Valéry (1871-1945), dont ils sont proches, « les trois mousquetaires ». En 1919, ils créent la revue *Littérature*, dans laquelle ils publient leurs premiers textes et soutiennent les jeunes écrivains : il s'agit du berceau du mouvement. La même année, Breton et Soupault rédigent *Les Champs magnétiques*, fruit de leurs premières expériences d'écriture automatique. Ils seront ensuite rejoints, entre autres, par Paul Éluard, Benjamin Péret (1899-1959), Francis Ponge (1899-1988), René Crevel (1900-1935), Michel Leiris (1901-1990), Georges Sadoul (1904-1967) ou encore René Char (1907-1988).

En 1920, lorsque le poète roumain Tristan Tzara (1896-1963), chef de file de Dada, arrive à Paris, le dadaïsme devient l'interlocuteur indispensable du mouvement surréaliste naissant. Les deux visent à élargir les formes d'écriture et ses champs d'investigation. Toutefois, Dada est davantage un groupe activiste qu'un mouvement et les écrivains surréalistes s'en détachent peu à peu à partir de 1923.

DADA

Lancé en 1916 à Zurich par Tristan Tzara, Dada vise non seulement la destruction de la société et des valeurs bourgeoises, les jugeant responsable de l'horreur de la guerre, mais rejette également toute contrainte, qu'elle soit idéologique, artistique ou même morale, prônant la spontanéité contre la raison. Bruyant, exubérant et provocateur, le dadaïsme atteint rapidement New York, Barcelone, Berlin, Hanovre, Cologne et Paris, jouant un rôle majeur dans la fonction subversive des avant-gardes ultérieures. Tzara se fait connaître du milieu intellectuel parisien par l'intermédiaire du peintre Francis Picabia (1879-1953) et de Guillaume Apollinaire.

La parution de *Littérature* s'arrête en 1924, une date-clé pour le mouvement surréaliste, puisque Breton publie le *Manifeste du surréalisme*. Deux mois après la fin de *Littérature* naît la nouvelle revue du groupe : *La Révolution surréaliste*, qui sera à son tour remplacée par *Le Surréalisme au service de la révolution*, à partir de 1930. Toujours en 1924, Breton édite également son premier recueil de textes critiques sur Dada, l'avant-garde parisienne et le surréalisme : *Les Pas perdus (dans le hall de gare des voyageurs qui patientent pour un train ou en descendent)*. Le train constitue l'emblème de l'imaginaire surréaliste, car il évoque des images de désir et d'érotisme. Les scènes de train du peintre italien Giorgio De Chirico (1888-1978) sont à cet égard exemplaires. « Lâchez tout ! », dans *Les Pas perdus*, signale la volonté destructrice de Dada, qui aboutit à la rupture définitive des surréalistes avec le dadaïsme. Pétri de nihilisme, de causticité, de dégoût et d'anarchisme, le dadaïsme est poussé au néant artistique, alors qu'André Breton et les surréalistes veulent croire à l'art, à l'amour et à la recherche poétique.

Cependant, des désaccords éclatent au sein du mouvement et, en 1930, Breton est amené à publier un *Second Manifeste du surréalisme* qui définit le lien entre le surréalisme et le communisme. Mais la rupture de certains membres du groupe est entamée et l'année 1947 signe la mort du surréalisme en tant que mouvement cohérent dominant. En effet, peut-il encore, après les horreurs de la Seconde Guerre mondiale, exercer une quelconque influence ? D'aucuns pensent qu'il n'y a plus de véritables batailles à livrer. L'aventure surréaliste, devenue déliquescence, se termine tragiquement par le suicide de bon nombre de ses membres. Le mouvement continue cependant d'exister jusque dans les années 1960, dirigé par André Breton et Jean Schuster (1929-1995), avant de s'éteindre définitivement avec la mort de Breton en 1966.

LIBÉRER LA VIE DE L'ESPRIT

Face au rationalisme réducteur et aux valeurs étriquées de la société bourgeoise, les surréalistes entendent libérer la vie de l'esprit, laisser libre court à leur imagination et s'ouvrir au merveilleux caché dans le quotidien. Ainsi, Breton prône avant tout le dialogue : c'est par l'intermédiaire du dialogue et des mots proposés par son interlocuteur que l'individu est le plus à même de se révéler. En somme, c'est dans l'échange que se construit la vérité. Mais pas seulement. Cette dernière se trouve également du côté des rêves, des coïncidences, du hasard, de l'imprévisible, de la spontanéité ou encore de l'étonnement, bref dans tout ce qui dévoile l'inconscient, perçu comme un grand réservoir de forces capables de renverser la perception que l'on a du monde. Car le but est bien de voir les choses différemment : il s'agit là du leitmotiv du surréalisme, qui se révolte contre le *statu quo* ou, selon le mot d'ordre d'Arthur Rimbaud, œuvre pour « changer la vie ». Pour les surréalistes, les seules frontières de notre monde sont celles que les limites de notre imagination nous imposent. Il s'agit alors de faire converger le quotidien vers le merveilleux pour voir notre conception et notre expérience du monde bouleversées.

À ces fins, Breton recommande l'expression totalement libre et incontrôlée de la pensée, afin de découvrir ce qu'elle est capable d'offrir lorsqu'elle se révèle sans aucune contrainte. La définition du surréalisme qu'il propose dans son *Manifeste* est à cet égard sans équivoque.

> SURREALISME, n.m. Automatisme psychique pur par lequel on se propose d'exprimer, soit verbalement, soit par écrit, soit de toute autre manière, le fonctionnement réel de la pensée, en l'absence de tout contrôle exercé par la raison, en dehors de toute préoccupation esthétique ou morale.

Aussi n'est-il pas étonnant que le surréalisme privilégie surtout la poésie et ses associations libres de mots, au détriment du roman et de sa structure linéaire, écho du rationalisme prégnant. Il en résulte des textes inclassables, à cheval entre plusieurs genres, mais également la réhabilitation de genres auparavant réputés populaires tels que le feuilleton, la chanson, le conte merveilleux, voire même le fait divers ou la publicité. Par ailleurs, l'impact visuel joue un rôle prépondérant dans les écrits surréalistes : on y trouve beaucoup de dessins, de photographies, de gravures ou encore de collages qui se juxtaposent les uns aux autres. De manière générale, la part du graphique dans la littérature surréaliste est importante.

LE JEU DU CADAVRE EXQUIS

En 1924, le premier numéro de la nouvelle revue surréaliste fait part des résultats d'expériences oniriques menées par les surréalistes et livre un recueil complet de toutes les formes de communication que peut prendre l'activité inconsciente de l'esprit. *La Révolution surréaliste* comporte des rêves rapportés, des échantillons d'écriture automatique ou encore des chroniques explorant la rencontre imaginaire du désir avec des objets significatifs.

De cette pensée collective naît notamment le jeu du cadavre exquis, consistant en des papiers pliés dont les règles sont les suivantes : le premier joueur écrit un nom, le second un adjectif, le troisième un verbe, et ainsi de suite, sans qu'aucun n'ait connaissance de ce que les autres ont écrit ; le papier est ensuite déplié pour laisser apparaître l'association de mots née des propositions de chacun. Ce jeu, pris très au sérieux et considéré comme un véritable domaine de recherche, occupe une place centrale dans l'histoire du surréalisme : « Qu'il soit bien entendu que lorsque nous disons "jeux de mots", ce sont nos raisons de vivre les plus certaines que nous mettons en jeu. » (BRETON (André), « Les mots sans rides », in *Littérature*, 2e série, n° 7) Perçu comme un jeu de l'esprit rendant possible à l'infini le processus formateur, le jeu d'échecs occupe également une grande place dans le mouvement surréaliste. Cette activité créatrice provoque l'échec de l'échiquier à tous les coups grâce à l'association entre les mathématiques, l'espace, la logique et l'imagination.

L'ÉCRITURE AUTOMATIQUE

En 1919, André Breton rédige avec Philippe Soupault le premier texte automatique expérimental : *Les Champs magnétiques*, dans lequel ils écrivent tout ce qui leur vient spontanément à l'esprit, la rapidité de la dictée inconsciente (la vitesse de transcription) ayant autant d'importance que le contenu. Le but est de bâillonner l'esprit critique et de laisser jaillir sa pensée sur le papier sans aucun contrôle de la raison, afin de permettre à l'esprit de se délester du conscient rationnel et de libérer les contenus de l'inconscient. *Les Champs magnétiques* seront suivis de beaucoup d'autres expériences d'écriture automatique, qui occupe une place centrale dans le surréalisme.

> Lorsque les grands oiseaux prennent leur vol pour toujours, ils partent sans un cri et le ciel strié ne résonne plus de leur appel. Ils passent au-dessus des lacs, des marais fertiles ; leurs ailes écartent les nuages

trop langoureux. Il ne nous est même plus permis de nous asseoir : immédiatement, des rires s'élèvent et il nous faut crier bien haut tous nos péchés. (BRETON (André) et SOUPAULT (Philippe), *Les Champs magnétiques. La Glace sans tain*, in *Littérature*, 1re série, n° 8)

L'écriture automatique a également son pendant en art, où on trouve des dessins et des peintures automatiques. Les premiers dessins automatiques sont peints par André Masson (1896-1987) en 1824. Parmi les principaux peintres surréalistes, citons Paul Klee (1879-1940), Francis Picabia (1879-1953), Marcel Duchamp (1887-1968), Giorgio De Chirico, Max Ernst (1891-1976), Joan Miro (1893-1983), René Magritte (1898-1967), Yves Tanguy (1900-1955) et Salvador Dalí (1904-1989).

Enfin, notons qu'à côté de l'écriture automatique, les surréalistes ont également recours à l'hypnose ou rêve éveillé pour faire advenir l'inconscient. Il se dit d'ailleurs que Robert Desnos pouvait s'endormir n'importe où, n'importe quand, tout en continuant à écrire, à parler et à réagir. En transe, il serait allé jusqu'à prendre un pinceau et à peindre !

L'IMPORTANCE DU HASARD

Selon Breton, l'objet trouvé par hasard, de même que la rencontre fortuite, sont des notions primordiales : ce que l'on trouve dans le monde extérieur constitue à ses yeux une réponse à une question posée inconsciemment. La trouvaille et la rencontre sont par conséquent autant imprévues et inattendues que familières et déjà vues. Il s'agit dès lors de leur conférer une signification.

Les objets surréalistes – ainsi que des assemblages de formes et d'objets divers – prennent une importance telle qu'une exposition leur est consacrée à Paris en 1936. Les objets y sont classés en différentes catégories : objets trouvés (sur les marchés, aux puces, etc.), objets naturels (les pierres, par exemple), objets trouvés ou naturels modifiés par l'artiste (notamment les *ready-made* de Marcel Duchamp), objets perturbés ou modifiés par la nature (notamment des objets fondus suite à l'éruption de la montagne Pelée en Martinique en 1902) ou encore des poèmes-objets qui associent l'art plastique et la poésie. Tous ces objets ont pour but de stimuler l'imagination du spectateur qui s'intéresse moins à leur aspect extérieur qu'à ce qu'ils évoquent.

Enfin, les surréalistes aiment particulièrement déambuler dans les quartiers de Paris en vue de se confronter à des chocs esthétiques, à la recherche de l'émotion qui donnera naissance à la création. Ainsi, le récit *Nadja* (1927) de Breton est né d'un itinéraire parisien. En quête de surprise, les surréalistes ont pour habitude de pointer leur doigt au hasard sur une carte routière et de se rendre à l'endroit désigné, hameau ou bourg extrait du néant.

LA TRANSGRESSION SURRÉALISTE

> Aider, dans la mesure du possible, à la libération sociale de l'homme, travailler sans répit au désencroûtement intégral des mœurs, refaire l'entendement humain. (BRETON (André), *La Clé des champs*, Paris, Fayard, 1977)

Dans le surréalisme, la transgression est omniprésente, non seulement dans les formes, mais aussi dans les contenus et dans les manifestations. Ainsi, au lendemain des funérailles nationales faites à Anatole France (1844-1924), élu à l'Académie française en 1898 et prix Nobel de littérature en 1921, les surréalistes, qui s'opposent à la littérature incarnée par ce dernier, distribuent le pamphlet *Un cadavre* – il s'agit du premier texte surréaliste collectif. Celui-ci se distingue d'emblée par l'extrême violence verbale qui caractérisera de nombreuses interventions surréalistes à venir. Autre exemple :

en 1925, alors que les surréalistes organisent un banquet en l'honneur de Saint-Pol Roux (1861-1940), les tables et les chaises sont détruites tandis que les invités reçoivent des écrits diffamatoires à l'encontre de l'écrivain Paul Claudel (1868-1955), désapprobateur du mouvement.

À côté de ces manifestations, de nombreux écrits et peintures surréalistes sont empreints de violence et d'angoisse qui trouvent probablement leur source dans les traumatismes de la Première Guerre mondiale. Paradoxalement, la Grande Guerre fait aussi l'objet d'une véritable adoration en tant que célébration de la désobéissance contre l'oppresseur. Ainsi, certains criminels sont perçus par le groupe surréaliste comme des héros de la transgression sociale.

La transgression surréaliste se manifeste également par un goût prononcé pour l'Orient, à une époque raciste et coloniale où le non européen est perçu comme inférieur. Dans le troisième numéro de *La Révolution surréaliste*, Antonin Artaud (1896-1948) écrit une lettre ouverte au Dalaï-Lama pour lui faire part de son admiration et de son adhésion à sa pensée.

Enfin, l'Amour avec un grand « A » est au centre de toutes les œuvres surréalistes. Les artistes et les écrivains du mouvement en parlent sans limite ni tabou, et cherchent à le faire découvrir aux individus dans toute sa vérité, tel qu'il est dans la vie réelle. Les sujets interdits par la société et la morale comme le sexe, mais aussi les peurs ou la folie, foisonnent dans l'art surréaliste : *Le Con d'Irène* (1928), roman érotique de Louis Aragon, *L'Union libre* (1923), poème en vers libres dans lequel Breton célèbre la femme en lui exprimant tout son amour, et *Le Cinquantenaire de l'hystérie* (1878-1928), texte de Breton coécrit avec Aragon et louant la folie en mimant une célébration des découvertes médicales.

PRINCIPAUX REPRÉSENTANTS

ANDRÉ BRETON, LE PÈRE DU SURRÉALISME

André Breton, principal théoricien et cheville ouvrière du mouvement surréaliste, naît en 1896. Mobilisé durant la Première Guerre mondiale, il décrit son expérience du conflit comme « un cloaque de sang, de sottise et de boue ». En 1917, devenu médecin militaire, il soigne les soldats traumatisés par la guerre. Ce contact direct avec la folie l'amène à la définir comme une capacité de création plutôt que comme un simple déficit mental. C'est à cette époque qu'il rencontre Louis Aragon et Philippe Soupault, alors étudiants en médecine. Il développe, avec Soupault, l'écriture automatique et, en 1919, ils publient ensemble *Les Champs magnétiques*, qui rencontre un grand succès.

L'année 1924 voit la parution de son premier *Manifeste du surréalisme*. On y trouve une critique du réalisme, ainsi qu'un formidable plaidoyer en faveur de l'imagination, du merveilleux, de l'inspiration et du hasard. Breton apparaît désormais comme le chef de file du mouvement surréaliste. Mais l'entente du groupe est parfois mise à mal. Breton, qui se garde de tout travail afin de se consacrer pleinement à son entreprise de subversion poétique s'agace des activités de ses amis : il considère notamment le journalisme d'Aragon et de Desnos comme une perte de temps. Selon lui, « la révélation du sens de sa propre vie ne s'obtient pas au prix du travail ».

Parmi ses œuvres majeures, on trouve notamment *Nadja* (1928), un récit autobiographique dans lequel Breton rend compte, dans un style très neutre, des neuf jours qu'il a passés avec une femme rencontrée par hasard à Paris, Léona Delcourt (1902-1941), alias Nadja.

Dans la première partie du récit, l'écrivain se demande « qui suis-je ? » et répond à cette question en rapportant des anecdotes vécues au quotidien et ses impressions sur des faits communs, une démarche carrément « antiroman ». Il cherche ainsi à démontrer que la vérité d'un individu se dévoile bien davantage à travers des faits anodins que via l'introspection, l'analyse psychologique et autres commentaires romanesques qui pensent pouvoir distinguer les personnages d'eux-mêmes par une mise à distance. Dans la seconde partie du texte, l'artiste narre sa rencontre fortuite avec Nadja, le déroulement de leur relation et la manière dont Nadja a fini par sombrer dans la folie. Breton confère à ce personnage féminin de nombreux traits surréalistes. Mystérieuse et paradoxale, la jeune femme possède des yeux noirs fascinants, dans lesquels brille une lumière à la fois obscure et lumineuse, et qui contrastent avec ses cheveux blonds. Lorsque Breton lui demande qui elle est, Nadja répond qu'elle est « l'âme errante », et de fait, la jeune femme se révèle insaisissable et changeante. Breton la présente également comme anticonformiste, marginale et échappant à la raison humaine. De manière générale, *Nadja* constitue une magnifique synthèse entre le réel et l'irréel – une synthèse rendue possible lorsque la parole est laissée à l'inconscient, au hasard et à la compagnie du moment.

Les Vases communicants (1932) et *L'Amour fou* (1937) constituent également des œuvres-clés du surréalisme. En 1938, Breton organise la première Exposition internationale du mouvement à Paris. La même année, il voyage au Mexique et y rencontre le politique révolutionnaire Léon Trotski (1879-1940). Ensemble, les deux hommes écrivent le manifeste *Pour un art révolutionnaire indépendant*. De là naît la Fédération internationale de l'art révolutionnaire indépendant (FIARI). Au début de la Seconde Guerre mondiale, en 1941, André Breton, dénoncé comme un « anarchiste dangereux », embarque pour New York. À son retour en 1946, les altercations se multiplient : avec Tristan Tzara, qui s'est autoproclamé nouveau chef de file du surréalisme, Jean-Paul Sartre (1905-1980), qui relègue les surréalistes au rang de petits bourgeois, ou encore les surréalistes restés en France pour résister. Mais l'ambiance électrique n'empêche pas Breton de poursuivre ses nombreuses activités jusqu'à sa mort en 1966 : il organise, avec Georges Bataille (1897-1962), une nouvelle Exposition internationale du surréalisme, écrit une grande quantité de préfaces pour des artistes inconnus, participe à plusieurs revues, etc.

LOUIS ARAGON OU LE MERVEILLEUX DU QUOTIDIEN

Louis Aragon, poète, romancier, essayiste et journaliste né en 1897, est le fils adultérin de l'homme politique Louis Andrieux (1840-1931). Pour préserver l'honneur face à l'injure de l'adultère, il est présenté comme le fils adoptif de sa grand-mère maternelle. Aragon souffrira énormément de l'absence de reconnaissance paternelle et ses œuvres en portent d'ailleurs la cicatrice.

À l'instar de Breton, en tant que médecin pendant la guerre, il fait l'expérience pénible des corps mutilés, du sang et de l'horreur, qui déteindront par la suite sur son œuvre. S'il est à l'origine, avec Breton et Soupault, de la revue *Littérature*, il ne rejoint officiellement le mouvement surréaliste qu'en 1924, séduit par sa révolte contre une société bardée de travers et d'injustices.

En 1926, il publie *Le Paysan de Paris*, un roman atypique dans lequel Aragon se met lui-même en scène vaguant dans Paris. Il nous fait part de ses réflexions philosophiques, esthétiques et créatrices dans cette ville où l'imagination est sans cesse en émule lorsqu'on prend le temps pour la flânerie utile, la seule qui rende possible la mise au repos de la raison au profit de l'imaginaire. On trouve dans cette œuvre de nombreux procédés surréalistes tels que

l'insertion d'affiches et d'extraits de journaux, des jeux typogra-
phiques, des adresses au lecteur ou encore des collages. Aragon
refuse en effet de suivre la structure romanesque classique et cherche
à stimuler l'imagination de son lecteur afin de l'amener à déceler le
fantastique dans le quotidien le plus banal.

Parmi les thèmes abordés dans *Le Paysan de Paris*, Aragon se livre à
un éloge du surréalisme et du merveilleux, mais il s'en prend aussi,
plus précisément, à la « puissante société de l'Immobilière du boulevard Haussmann », qui défigure la capitale en détruisant le passage
de l'Opéra pour en faire un boulevard – c'est d'ailleurs sans doute
également dans une volonté de mémoire qu'il multiplie les détails au
sujet du quartier du passage. Il évoque par ailleurs la nécessité d'un
coin de nature dans l'immense ville afin de pouvoir se ressourcer.

Comme plusieurs surréalistes, Aragon adhère au Parti communiste,
auquel il restera fidèle jusqu'à sa mort. Il milite également pour une
littérature engagée, entre autres à travers des activités journalis-
tiques. En 1928, *Le Con d'Irène*, publié anonymement, est censuré.
Ruiné par cet échec, il tente de se suicider. La découverte de la liai-
son de sa maîtresse n'est pas étrangère à cet acte désespéré. Mais,
peu après, il rencontre Elsa Triolet, qui devient sa muse pour la vie
et qu'il épousera en 1939. Le couple, qui mêle l'engagement politique
(résistance, communisme, décolonisation ou encore féminisme) à
l'amour, devient mythique.

À partir de 1929, Aragon s'éloigne de Breton. Il juge inacceptable
sa posture autoritaire et son rejet radical du roman au profit de la
poésie. En 1930, il se rend au Congrès des écrivains révolutionnaires
de Kharkov, afin de représenter le mouvement surréaliste, accusé
d'anarchisme par les radicaux du PCF. Mais au lieu de défendre les
positions du surréalisme, il se range au contraire dans le camp radical
communiste. L'année suivante, la publication du poème *Front rouge*,

dénonçant le surréalisme et le socialisme, met le feu aux poudres. Le cri « Feu sur Léon Blum », figure-clé du socialisme français (1872-1950), est interprété comme un appel au meurtre et Aragon est inculpé. Bien que la rupture soit consommée, Breton prend sa défense lors du procès.

Plus tard, son recueil *Persécuté persécuteur* (1931) atteste de son approbation de la terreur du stalinisme. Son optimisme naïf pour le régime pro-prolétariat l'amène même à vanter les mérites du goulag. En 1933, il devient secrétaire de rédaction de la revue *Commune* avec Paul Nizan (1905-1940), éditée par l'Association des écrivains et artistes révolutionnaires pour rassembler le monde culturel dans la lutte contre le fascisme et le nazisme. Ensuite, de 1937 à 1953, le PCF l'assigne à la direction de plusieurs quotidiens, dont *Ce soir*, puis *Les Lettres françaises*. Ce n'est qu'après la mort de Staline qu'Aragon remet en cause l'URSS, d'abord en silence, puis à voix haute, éclairé par les révélations sur les crimes du régime stalinien. Son *Roman inachevé*, publié en 1956, sorte d'autobiographie poétique, témoigne de l'insupportable désillusion dont il est victime.

Malgré ses errances politiques, la poésie d'Aragon occupe une place majeure dans l'histoire de la littérature française contemporaine, et la beauté de son œuvre s'est fait connaître par l'intermédiaire de célèbres chanteurs tels que Léo Ferré (1916-1993), Georges Brassens (1921-1981), ou encore Jean Ferrat (1930-2010).

PAUL ÉLUARD ET L'ODE À LA LIBERTÉ

Paul Éluard, poète français né en 1895, est contraint d'interrompre ses études à 16 ans, pour des raisons de santé. C'est à l'hôpital qu'il rencontre sa première muse : Helena Diakonova, une jeune exilée russe qu'il épouse en 1916. L'amour et le désir, qu'il voit comme une force révolutionnaire majeure, occuperont une grande place dans son œuvre.

Après la Première Guerre mondiale, Éluard remet le monde en question par l'intermédiaire du mouvement Dada, qui le séduit par sa folie et son non-sens, et il fonde sa propre revue, *Proverbe*, dans laquelle il discourt à l'infini sur les problèmes du langage. C'est, en 1920, un sujet de querelle avec les autres membres précurseurs du surréalisme : Éluard est le seul à envisager le langage comme un but, alors que les autres n'y voient qu'un moyen de destruction. Il promet alors à son ami Breton de « ruiner la littérature », jurant de ne plus rien produire et lui dédie son dernier écrit, le recueil *Mourir de ne pas mourir* (1924). La même année, il embarque pour un voyage autour du monde.

À son retour, il intègre le mouvement surréaliste et, dès ce moment, sa vie entière se confond avec celui-ci. Ses œuvres majeures sont *Répétitions* (1922), *Capitale de la douleur* (1926), *Notes sur la poésie* (1929), *L'Immaculée Conception* (1930) et *Facile* (1935). Certains de ses textes sont accompagnés par des gravures de Max Ernst (1891-1976) et par des photographies de Man Ray (1890-1976). En 1931, exclu du Parti communiste français, auquel il avait adhéré en 1927, il poursuit néanmoins sa résistance contre les régimes fascistes en Europe. Parmi ses écrits les plus engagés, on trouve *Cours naturel* (1938), *Facile Proie* (1938), *Le Livre ouvert* (1941), *Poésie et Vérité* (1942) et *Poèmes politiques* (1948). La poésie est pour lui un instrument au service de la désaliénation.

La Victoire de Guernica, un poème issu du recueil de poésie *Cours naturel* et inspiré du bombardement de Guernica en 1937 par les avions allemands, dénonce la barbarie de cet événement, qui symbolise la guerre dans toute son horreur. Écrit sans ponctuation et éloigné des canons classiques – il alterne le distique, le tercet, le quatrain, etc. en vue de moduler le rythme, tantôt lent, tantôt haché –, ce poème traduit toute l'indignation de son auteur. Celui-ci fait l'apologie du peuple ouvrier pauvre, première victime de la guerre, méprisé, injustement traité comme du bétail qu'on assomme sous la difficulté des tâches dures et ingrates, mais qui encaisse et montre un grand courage de vivre. La beauté des femmes et des enfants, symbolisant l'espoir, est également mise en avant. À l'opposé, Éluard peint l'ennemi hypocrite, monstrueux et sans visage, abusant toujours davantage de son pouvoir.

En 1938, le poète rompt avec André Breton et le surréalisme en raison de désaccords politiques, mais aussi littéraires : il refuse, entre autres, l'écriture automatique. Quelques années plus tard, en 1942, il se fait réinscrire clandestinement au PCF. La même année, des milliers d'exemplaires de son poème en 21 strophes « Liberté », une ode à la liberté en cette période d'occupation, sont parachutés par des avions anglais au-dessus de la France entière. L'année suivante, Éluard publie *L'Honneur des poètes*, qui rassemble les textes de poètes résistants. Cette anthologie qui chante l'espoir et la liberté démontre une fois encore la volonté de l'écrivain de rassembler le peuple français dans une lutte contre l'oppression. En danger, Éluard se cache à l'hôpital psychiatrique de Saint-Alban, lieu de refuge pour de nombreux Juifs et résistants. À la Libération, il est loué en tant que grand poète de la Résistance. Par la suite, Éluard ne cessera de multiplier ses contributions en faveur de la paix jusqu'à sa mort en 1952.

ROBERT DESNOS, LE POÈTE DE TOUTES LES AUDACES

Robert Desnos, poète français né en 1900, est lui aussi marqué par la boucherie des tranchées qui fait de lui un jeune homme révolté et anticonformiste. Il commence alors à écrire quelques poèmes, puis, vers 1920, intègre les milieux littéraires avant-gardistes et entre en contact avec le groupe des surréalistes. Cette rencontre aboutit à un amour intellectuel réciproque et, en 1922, il ne fait aucun doute que Desnos a rejoint l'aventure.

Sa grande contribution à la libération du langage l'amène à jouer un rôle central dans le mouvement. Sa fougue l'entraîne en effet dans des expériences de sommeils hypnotiques et des récits de rêves et de fantasmes dont le but est de retrouver la formulation originelle de la pensée. Breton présente même Desnos comme le « prophète » du surréalisme. Dans son atelier – sans clé, mais muni d'un cadenas à lettres dont il peine souvent à se rappeler la combinaison, et empli d'objets étranges ramassés dans les marchés aux puces –, Desnos se livre avec Breton à de nombreuses expériences poétiques dont sont issues *Les Gorges froides* (1922), un poème particulièrement énigmatique : chaque strophe incite le lecteur à proposer un sens, puis à l'abandonner au profit d'une autre signification, et ainsi de suite. Par ailleurs, ses vers foisonnent de confusions temporelles, d'antithèses, d'oppositions, de jeux de mots et d'images surréalistes, comme en témoigne déjà la première strophe : « À la poste d'hier tu télégraphieras/ Que nous sommes bien morts avec les hirondelles./ Facteur triste facteur un cercueil sous ton bras/ Va-t'en porter ma lettre aux fleurs à tire d'elle. » Ainsi, bien que *Les Gorges froides* constituent un sonnet de forme classique, le sens ne cesse de filer et de se défiler. En réalité, Desnos s'y joue de tout : de la forme du sonnet traditionnel d'abord, respectée à la lettre (alexandrins avec rimes croisées), mais qui n'apporte rien de cette rigueur au contenu ; ensuite, des thèmes lyriques habituels, qui évoquent l'amour malheureux et les amants délaissés ; enfin, peut-être même du surréalisme lui-même qui parvient, malgré son caractère subversif, à se glisser dans les habits étroits du sonnet.

Entre 1922 et 1943, de nombreux recueils naissent de l'esprit en perpétuelle ébullition de Desnos : *L'Aumonyme, Rrose Selavy, Les Pénalités de l'Enfer* (1922), *Deuil pour deuil* (1924), *Corps et Biens* (1930) ou encore *The Night of Loveless Nights* (1930). Le poète est également rédacteur de *La Révolution surréaliste* entre 1924 et 1929 et, en 1925, il devient journaliste à *Paris Soir*, avant de rejoindre *Le Soir*, puis *Paris-Matinal*. Il écrit également en parallèle de nombreux scénarios ou commentaires pour le cinéma.

En 1927 paraît *La Liberté ou l'Amour*, un ouvrage jugé scandaleux par la société bien-pensante et déprécié par les surréalistes qui lui reprochent sa « pâleur transgressive ». Cette œuvre l'éloigne alors du groupe, puis Desnos rompt définitivement avec Breton en 1929. Libre envers et contre tous, il ne supporte pas l'autorité qui émane du chef de file du surréalisme, ni ses reproches quant à son activité de journaliste, et refuse par ailleurs d'être entraîné vers le communisme. Amateur de musique, il embrasse une carrière radiophonique en 1932 et écrit notamment des poèmes aux allures de chansons, dont la *Complainte de Fantômas* (1933), qui récolte un grand succès. Mais la montée des périls fascistes en Europe assombrit cette période heureuse et le pousse, en tant qu'humaniste et radical-socialiste, à la Résistance : tour à tour membre de l'Association des écrivains et artistes révolutionnaires, du Comité de vigilance des intellectuels antifascistes et du réseau de résistance AGIR, il redevient journaliste à temps plein et défie la censure en transmettant des informations confidentielles arrivées au journal. Il fabrique aussi de faux papiers pour des Juifs ou des résistants. La liberté est plus que jamais au centre de ses poèmes : *Fortunes* (1942), *État de veille* (1943), *Les Chantefables* (1944) ou encore *Contrée* (1944).

En 1944, lorsqu'AGIR est infiltré, Desnos, pourtant averti, se laisse arrêter pour que sa compagne ne soit pas emmenée. Traîné de camp en camp, il finit à Theresienstadt, où son ardente volonté de vivre ne suffit pas. En 1945, peu avant la libération des camps, il meurt d'épuisement :

> Jusqu'à la mort, Desnos a lutté. Tout au long de ses poèmes, l'idée de liberté court comme un feu terrible [...]. La poésie de Desnos, c'est la poésie du courage. Il a toutes les audaces possibles de pensée et d'expression. Il va vers l'Amour, vers la vie, vers la mort sans jamais

douter. [...] Il est le fils prodigue d'un peuple soumis à la prudence, à l'économie, à la patience, mais qui a quand même toujours étonné le monde par ses colères brusques, sa volonté d'affranchissement et ses envolées imprévues. (ÉLUARD (Paul), allocution prononcée le 15 octobre 1945 à la légation de Tchécoslovaquie à l'occasion du retour des cendres de Robert Desnos et publiée dans *Les Lettres françaises* le 20 octobre 1945)

RÉPERCUSSIONS

Mouvement majeur de l'entre-deux-guerres, le surréalisme a connu un rayonnement à l'échelle internationale, tout particulièrement en Belgique, où il a donné naissance à deux groupes surréalistes distincts : d'une part, le groupe du Hainaut, représenté entre autres par Achille Chavée (1906-1969) et Fernand Dumont (1906-1945) ; d'autre part, le groupe de Bruxelles, qui compte notamment dans ses rangs Paul Nougé (1895-1967) et René Magritte (1898-1967). Les surréalistes bruxellois se distinguent toutefois de Breton par leur refus de l'écriture automatique. Le surréalisme s'est également implanté à la Martinique, avec le poète Aimé Césaire (1913-2008), et au Québec, où il est à l'origine du mouvement automatiste fondé par Paul-Émile Borduas (1905-1960), auteur du *Refus global* (1948), dans lequel celui-ci dénonce les valeurs traditionnelles et l'immobilisme de la société québécoise de son temps.

Le surréalisme a par ailleurs influencé de nombreux courants littéraires de la seconde moitié du XXe siècle tels que le théâtre de l'absurde, né dans les années 1950 et dont les thématiques et les techniques s'en inspirent directement. Samuel Beckett (1906-1989) et Eugène Ionesco (1909-1994), les deux représentants majeurs de cette nouvelle conception théâtrale, rompent radicalement avec le théâtre classique au profit de pièces où la logique et le sens font défaut. Déstructurant le langage, abolissant toute notion d'intrigue ou de personnage et proposant des scènes plus incohérentes les unes que les autres, ils mettent en scène l'échec de l'humanisme et l'absurdité du monde à la suite des horreurs de la guerre.

La *Beat Generation*, un mouvement littéraire et artistique qui éclot aux États-Unis dans les années 1950, subit également l'influence des surréalistes : Jack Kerouac (1922-1969), Bob Kaufman (1925-1986), Allen Ginsberg (1926-1997), Philip Lamantia (1927-2005), Ted Joans (1928-2003) ou encore Gregory Corso (1930-2001) se révoltent face à la société conformiste et reprennent à leur manière le « Lâchez tout ! » d'André Breton. Mais il faut également mentionner l'impact du surréalisme sur les artistes du pop art, né au milieu des années 1950, et du nouveau réalisme, un groupe fondé en 1960, qui assemblent des objets de la vie quotidienne (Arman (1928-2005), *L'Heure de tous*, 1985), une accumulation d'horloges). Enfin, de manière générale, le surréalisme a joué un rôle majeur dans la reconnaissance de l'importance des avant-gardes dans le monde littéraire.

EN RÉSUMÉ

- Né en France en 1924 avec la publication du *Manifeste du surréalisme* d'André Breton, le surréalisme est un mouvement littéraire et artistique majeur de l'entre-deux-guerres.

- Composé à l'origine d'André Breton, de Philippe Soupault et de Louis Aragon, le groupe surréaliste fait pendant un temps cause commune avec le dadaïsme. Mais il s'en détache rapidement : alors que Dada est poussé au néant artistique, les surréalistes veulent croire à l'art, à l'amour et à la recherche poétique.

- Face au rationalisme réducteur et aux valeurs étriquées de la société bourgeoise, le surréalisme entend libérer la vie de l'esprit, laisser libre court à l'imagination et s'ouvrir au merveilleux caché dans le quotidien.

- Pour ce faire, Breton recommande l'expression totalement libre et incontrôlée de la pensée, afin de dévoiler l'inconscient, perçu comme un grand réservoir de forces capables de renverser la perception que l'on a du monde. Car le but du surréalisme n'est autre que de « changer la vie ».

- Ainsi, les surréalistes se livrent à toute une série d'expériences : le jeu du cadavre exquis, l'écriture automatique, l'hypnose… Mais ils insistent également sur l'importance du hasard et de la rencontre fortuite. Ce que l'on trouve dans le monde extérieur constitue aux yeux de Breton une réponse à une question posée inconsciemment.

- Enfin, dans le surréalisme, la transgression est omniprésente, non seulement dans les formes, mais aussi dans les manifestations et dans les contenus. L'Amour avec un grand « A » est au centre de toutes les œuvres surréalistes, sans limite ni tabou. Les sujets interdits par la société et la morale comme le sexe, mais aussi les peurs ou la folie, sont légion.

POUR ALLER PLUS LOIN

- ARAGON (Louis), *Le Paysan de Paris*, Paris, Gallimard, 1972.
- ARON (Paul), DENIS (Saint-Jacques) et VIALA (Alain), *Le Dictionnaire du littéraire*, Paris, PUF, 2002.
- BRETON (André), *La Clé des champs*, Paris, Fayard, 1977.
- BRETON (André), *Manifestes du surréalisme*, Paris, Gallimard, 1985.
- BRETON (André), *Nadja*, Paris, Gallimard, 1972.
- BRETON (André) et SOUPAULT (Philippe), *Les Champs magnétiques*, Paris, Gallimard, 1971.
- CAWS (Mary-Ann), *Le Surréalisme*, Paris, Phaidon, 2006.
- DE LIGNY (Cécile) et ROUSSELOT (Manuela), *La Littérature française*, Paris, Nathan, 2006.
- LEROY-TERQUEM (Mélanie), *Le Surréalisme*, Paris, Flammarion, 2006.
- NADEAU (Maurice), *Histoire du surréalisme*, Paris, Seuil, 1970.
- STALLONI (Yves), *Écoles et courants littéraires*, Paris, Armand Colin, 2009.

www.50minutes.com

Éditeur responsable : Lemaitre Publishing
Rue Lemaitre 4 | BE-5000 Namur
info@lemaitre-editions.com

ISBN ebook : 978-2-8062-6217-2
ISBN papier : 978-2-8062-6218-9
Dépôt légal : D/2015/12603/39
Photo de couverture : © *Dice on chess board, mix of game close-up*, par sola_sola.

Conception numérique : Primento, le partenaire numérique des éditeurs